새소리에 몸이 절로 먼 산 보고 인사하네

.

황금알 시인선 12

새소리에 몸이 절로 먼 산 보고 인사하네

초판발행일 | 2005년 2월 28일
2쇄 발행일 | 2010년 10월 21일

지은이 | 김영탁
펴낸곳 | 도서출판 황금알
펴낸이 | 金永馥
주 간 | 김영탁
디자인실장 | 조경숙
제작진행 | 칼라박스
주 소 | 110-510 서울시 종로구 동숭동 201-14 청기와빌라2차 104호
물류센타(직송·반품) | 100-272 서울시 중구 필동2가 124-6 1F
전 화 | 02)2275-9171
팩 스 | 02)2275-9172
이메일 | tibet21@hanmail.net
홈페이지 | http://goldegg21.com
출판등록 | 2003년 03월 26일(제300-2003-230)

값 6,000원

ISBN 89-953948-8-9-03810

새소리에 몸이 절로 먼 산 보고 인사하네

김영탁 시집

황금알

시가 내 안에 머물고 있을 때는 같이 놀면서 시간 가는 줄 몰랐다. 그건 어쩌면 천성적인 게으름일 것이다. 이제 첫 시집을 엮으면서 버려야 할 시들만 눈에 밟힌다. 아까운 생각이 들기도 했지만 동안에 집착했던 정이 들었던 모양이다. 더 많이 냉혹하게 버려야 함을 알지만 아직도 버리지 못한 시들을 사랑하는 마음으로 세상에 보낸다. 弱小한 시여, 이것이 나의 아바타이며 나의 시이리라. 이 모든 게 시의 사원에서 찬란하게 빛나며 시적 성취가 이루어지길 바라지는 않을 것이다. 다만, 시와 사랑이 꺼지지 않는 불꽃이길 바란다.

2005년 2월
북한산 기슭 방학동에서 김영탁

차 례

新山有花 · 11

동백꽃 · 12

몽실누님 · 13

황홀했던 · 14

등 창 · 15

표절, 성냥 때문에 發火되는 질료들 · 16

벌 집 · 18

번 개 · 19

방학동 · 20

빈방에서 보낸 일주일 · 22

근세적 상황 또는 관계 · 23

아버지—여산골 族 · 24

옛날 빵집 · 26

보고 싶은 서정—여산골族 · 2 · 28

예천 말로—자음 · 29

예천 말로—모음 · 30

부음 · 32

빵구집─여산골族 · 3 · 34

가을에 · 35

명징했다 · 36

울 새 · 37

붕어 혹은 파문 · 39

흔 적 · 41

내 마음의 夢遊桃園圖 · 43

내 마음의 깊은 저수지에 있는 無爲寺 · 44

夢 遊 · 45

바다로 가는 대웅전 · 46

표절, 봄으로부터 겨울로 가는 목련 · 47

자연박물관 · 49

臥 功 · 50

때리다 · 52

無限動力 · 54

원근법 · 54

내가 三色을 훔칠 때 · 55

언덕에서 · 57

엑스트라 두부 · 59

푸른 잎 하나가 · 60

후 회 · 61

소금창고 · 63

잠든 느릅나무와 춤을 · 65

무좀에 대하여 · 67

오후에 접하다 · 68

물 때 · 69

죽은, 느릅나무가 · 70

표절, 서울森林 · 71

벽에 걸린 흑장미는 마른 명태 같다—보르헤르스에게 · 73

빵의 연인 · 75

돌복숭아나무 · 76

파리의 날들 · 79

통화로 가는 길 · 81

중국, 코르크 코르크 · 83

북한, 그 단편들 · 85

개마고원 · 88

백두산 천지 · 89

생활의 발견—구름 · 91

月印千江—양파 · 93

月印千江—거푸집 · 94

月印千江—물푸레나무 · 96

해설 | 김종태 · 99

新山有花

네가 떠난 후에 베란다엔 상사화 피고

아침, 세상의 꽃들이
수없이 많은 축제를 위해서 필 때

네가 벗어두고 간 옷을 빨아
빨랫줄에 널고, 다시 걷어서 하얗게 빨면
눈물이 난다 어두운 방으로 들어가 타다 만 초를
켜서 손에 들고 네 흔적을 찾아
손으로 쓰다듬어 본다

촛농이 손등에 떨어져 하얀 꽃이 되고
촛불이 꺼져 그림자마저 희미하게 스러질 때
빨랫줄에 걸린 옷들은 밤바람에 흔들린다

베란다엔 상사화 피고 잎은 몸을 감추고

동백꽃

겨울 바다에서 불어오는 시린 北風에
몸 내주며 시방 몸하고 있는 저 동백꽃
천 년, 천 번의 몸풀기!

긴 여정에서 돌아온 바람이
풀무질하면
상처에 길들여진 몸 그게 부끄러워
땅에 떨어지는 붉은
몸꽃

몽실누님

목련이 몽아리질 때
몽실몽실 피어날 때만 해도, 난
어린 몽실누님 생각나다가, 어느 날
몽유 속을 뛰어 놀다가 화들짝! 깨어보면
목련은,
빛부신 빛의 비늘이 꽂히어
꽃비늘 떨구고 바람에 흙먼지에
뒹구네
둥글다고 돌아가는 세상에
몽실누님
이젠, 눈가에 그림자 짙은 화장으로 가리고
굴러온 몽실누님…
목련이 애싹 돋아날 때면
몽올몽올 몽아리질 때면, 나
몽유 속에 뛰어 노네

황홀했던

길보다 낮은 슬레이트집
노인 하나
세월을 한 술 두 술 떠내고 있었다
채마밭에는 어린 옥수수가 듬성듬성했다
집은,
무덤처럼 고요했다 무덤덤한 날들 속에 언젠가 딱 한 번
눈에 확 들어왔다 옥수수 훌쩍 커서
찌그러진 집을 부스스 흔드는 듯했다
한참을 기다렸다, 바람이
옥수수 대궁을 흔들면
꽃술은 붉게 취해서 가을 운동회 깃발처럼
흔들리고 대궁 끝의 끝에까지 올라온 수액이
힘차게 집을 들어올렸다 집은,
가뿐하게 둥실 떠올랐다 그건 황홀
한 들림! 들림의 황홀경으로 흠뻑 젖은
낮은 슬레이트집.

등 창

등에 난 창을 수술하러 경만호 성형외과엘 간다 의사는 왜 이리 늦었냐며 심각하다고 야단이다 아니 그게 아니고 아 글쎄 알았어요 지금도 안 늦었어요 잘 오신 겁니다 선생님 저는 그게 오래 묵으면 복이 되고 자꾸 커지면 날개가 돋을 줄 알았어요 아니 최소한 시는 될 줄 알았죠 아 글쎄 알았어요 마취합니다 오른쪽으로 돌아누우세요 어떠세요 괜찮죠⋯⋯! 약간 묵직해요 눈물이 난다 너에게 속아온 세월 그러나 속아 살면서 난 달콤한 꿈도 꾸었지 자 보세요 이게 다 쓸데없는 덩어리죠 새알 같은 등창은 낙담이다 아니 그런데 왜 울어요

표절, 성냥 때문에 發火되는 질료들

孤山이 풍류를 노래하며 세상을 희롱했던 보길도, 초등
학교 초입 구판장에서 성냥 세 통을 산다 튼실하게 생긴 60
년대 풍의 성냥 선박용이라는 표지가 듬직하다 내심 고산
의 詩힘이 나에게 불처럼 일어나길 희망하며 산 성냥을 켠
다 유황 냄새가 코에 스민다 허나 고산과 성냥의 관계는 전
혀 非詩的이고 난센스다 고산과 성냥이 대체 어떤 관계가
있다는 말인가 나는 지금 성냥을 소재 삼아 시를 쓰고 있다
그러니까 성냥과 고산으로 하든지 그냥 성냥으로 하든지
성냥 하나만으로도 시는 벅차다 가볍게 그냥 성냥으로 할
까 그러나 이런 시쓰기는 장정일이 길안에서 택시 잡으며
써먹었다 나는 다시 바라본다 해물탕집 식탁 위에 올려놓
은 성냥을, 성냥을 감옥 속의 죄인처럼 동정하며 맛있게 담
배를 피우는 이세룡이 지나간다 성냥개비는 나무다 나무의
공정 과정을 생각하면 벌목꾼 마하트라 氏가 생각난다는
황지우의 샌드페이퍼가 지나간다 수많은 명화와 명작들이
성냥의 역사가 지나간다 내 의식의 묵정밭 지나 식탁을 지
나 개수대로 빠져나간다 성냥과 해물탕, 내 뱃속의 이물질
과 갑 속의 유황 식당을 나서며 내 안의 성냥이 발화하기를
기다린다 몸의 발화를 꿈꾼다 불꽃 같은 시를 쓰고 싶어 담

벽에 지친 몸을 기댄다 담배를 물고 성냥을 그어 불꽃 일으
키며 꺼져 바닥으로 내려앉는 성냥의 삭신을 훔쳐보고 있
다

벌 집

집들이 옷을 입고
일제히 집 속에서 빠져나올 때,
후폭풍이 일어난다

집들이 도로
집 속으로 들어가
옷을 벗을 때,
내 귀가 간지럽다

번 개

한밤중, 창문을 두드리며 누군가 부르는 것 같아
아니다 후레쉬 비추며
자꾸 나오라고 접선 신호를 보낸다
나가보면 아무도 없는데
뒤돌아서는 뒤통수를 찰나로,
때리고 지나가는 첫사랑

방학동

물이 초록빛 옷을 벗고
먹잠색으로 갈아입는 소리에
산은,
산색만큼 산 그림자 질 때
산허리 날개로 베고 날아가는
학 한 마리 있어라.

학이 놀며 머물던 자리에
이윽고 밤이 찾아오면
아직, 까지 않은 밤 이야기에
어린 새끼들은 학처럼 날아다니다
저마다의 둥지를 틀며,
한여름 밤의 꿈같은 오로라 여행을 떠나네.

이슬을 치는 날개로
학은,
다시 날고,
다시, 물은 초록빛 옷을 입고; 나는
지상으로 이어진 출근길 따라

세상이라는 학교로 가야 되지만,
간밤의 아리삼삼한 추억에
학이 보고 싶어지겠네.

다시, 물은 초록빛 옷을 벗었지만
하나도 안 부끄럽고, 다시 산은
먹잠색으로 갈아입는 소리에
학은,
산허리 길게 베어 날아
산 그림자 질 때,
생의 반쯤은 어쩔 수 없이
방학에 잠겨,
가슴에 날고 있는
학 한 마리
고요히 키우고 있길 바라네.

빈방에서 보낸 일주일

전세방 하나 빼서 방 세 개인 데로 이사를 갔다 방 하나는 빈방으로 두자고 아내에게 양해를 구했다 여러 감언이설과 혹은 똥고집이 귀찮은지 선뜻 승낙했다 일주일 동안 빈방에서 혼자 빈둥빈둥 뒹굴었다 책과 컴퓨터 온갖 잡동사니가 보이지 않는 텅 빈 방에서 홀랑 벗고, 아무 생각도 없이 둥둥 떠다니다가 춤도 추곤 했다 모처럼 만에 퍽 유쾌했다 아니 꽉 찬 충만으로 넘쳐서 비워야 했다 그런데 일주일 지나서야 아내는 빈방을 무언가로 가득 채우고, 하는 말씀이 상식적으로 빈방 둘 형편이 되느냐고 제정신이냐고 손가락을 O 흔들며 이거나 많다면야! 하면서 일주일 동안 큰 선심 베풀었다는 듯 큰소리친다 그려! 상식적으로 빈방은 허용이 안 될 터이거니 세상에 빈방이란 있을 수 없겠거니 그려 내가 잘못했지 돌았지 맛이 갔나봐… 해서 안방으로 돌아와 아내와 텔레비죤 보면서 그 일주일이 눈물나게 고마워서 사과도 깎아주고 안마도 해주고 재미나게 놀았다

근세적 상황 또는 관계

주민등록등본을 떼어보면 세대주인 내 이름과 함께 호주 및 관계란에 아버지가 있다 질기고 질긴 인연 나는 장남이 고 아버지는 아직 살아 계셔 등본상 나란히 같이 있다 그러 니까 아버지는 고향에 계셔도 서울에서 허부적거리며 나와 같이 움직이는 것이다 나는 아버지가 보고 싶지 않을 때도 아버지를 만난다 그것은 세속적인 것에 탐닉할 때 불시에 닥치는 불길한 검문이다 그렇구나 아버지는 이 장남과 붙 어사시는구나 끔찍한 일이다 물론 행정적인 처리를 하면 난 서울 태생이 될 수도 있지만 왠지 꺼림칙해서 싫다 거창 하게 말해서 고향을 잊지 않는 수구초심 같은 것이다 그런 즉 아버지는 서울에 한 번 안 오셔도 서울을 잘 안다 특히 나의 〈행동발달상황〉을 잘 안다 어쩌다 고향에 가면 말없 이 먼 산을 보시다 두리번거리는 나를 낯설게 바라보시는 아버지

아버지
―여산골族

아버지는 깊은 죽음에서; 따분해서
메주 한 수레 싣고
세상으로 오셨다

근엄하던 아버지가 웃으면서
무공해 메주를 주러 왔다고,
또록이 말씀하신다
나는 당황했지만

소설『백년 동안의 고독』처럼
그러니까, 삶과 죽음의 경계가 무너진
일종의 주술일 거야, 그럼, 그럴 수도 있는 게 세상사지
아무튼 세상사에 나와 출세한 나는 명당을 찾느라
이리저리 헤맨다

푸른 물이 흐르는 곳에 다리가 있다
다리를 건너자 명당 마을
그 마을에서도 길 가운데가 봉황이 알을 품은
최고의 명당!

물론 사람들이 수시로 밟고 지나가겠지만

갑자기 울리는 전화벨 소리에
달콤한 낮잠에서 깬 나는 수화기를 잡는다

"아비다, 서울서 헛짓 말고 내려와라."
"저, 아버지 조금만 기다리시면 조그만 장사라도 할…"
"듣기 싫다, 니가 사람이냐, 뭐냐! 당장 안 끼내려오고."
"너무 걱정 마세요, 아버지 호강시켜 드리겠습니다."
"전화요금 때문에 끊는다, 찰칵"

전신에 땀이 흥건하다

옛날 빵집

칠십 년대 고향장터 빨간 페인트로 함부로 휘갈겨 쓴 상
식이네 빵집
애 머리만한 찐빵이 모락모락 김을 피우고 있었다;
난, 아침을 거른 탓에 출근길 마을버스 속에서 겨우
밥밖에 모르는데, 덜커덩거리는 낡은 마을버스 바퀴가
일으키는 몸의 연동운동 일환인가, 왜 옛날 찐빵이 생각나
는지

그 찐빵 때문에 빠알간 초여름에, 난
순진한 크리스마스가 생각나고
산타클로스 할배가 문득 생각나기도 하네
전봇대가 없다면
고압선이 없다면
밤낮 없이 차들이 쌩쌩 달리지 않는다면
산타클로스 할배가 선물 나르기도 편할 텐데;
아마 그 어른은 항상 하늘에서 썰매를 타고 내려와
가정방문을 한다는 내 관념의 그림카드들이
전봇대와 고압선과 무정한 차들을 걱정할 것이네.

다시, 빵집 안은 뜨거운 김으로 메워져

유리창엔 뿌연 우유가 흐르고 상식이는 부르튼 손으로 찐빵을 만지네

난, 자전거 술 배달 가신 아부지를 기다리며

찐빵이 집채만큼 부풀어 문짝도 기둥도 지붕도 벗어버린 빵으로 된 집을 꿈꿀 것이네

이윽고 자전거와 술통이 덜컹거리고 서늘한 찬바람에 진한 막걸리 냄새를 작업복에 묻혀 오신 아부지는

뻑뻑한 막걸리에 불어터진 두꺼비 같은 손으로 한지에 싼 찐빵을 머리맡에 툭 던져놓고 휑하니 나가시네

찐빵과 막걸리 냄새에 난, 달고 몽롱한 꿈에 취해

김이 모락모락 피어나는 찐빵, 찐빵이 그 할배의 빨간 모자를 쓰고

내 낮잠 위의 조선이불을 밟고 지나가네

그리고 와르르 선물을 쏟아놓고 지나가네.

보고 싶은 서정
—여산골族

오랜만에 고향집엘 갔더니 웬 시계가 그렇게 많은지, 방마다 시계가 걸려 있다 부엌에도 정낭에도 헛간에도 마구간에도 걸려 있다 이 많은 시계들! 어디서 왔을까 아마 쑥떡 같은 노인들만 사는 곳이라 흔해빠진 시계, 선심 쓰듯 왔을 것이다 시계들은 내가 신뢰하는 디지털하곤 아랑곳없이 흑백 사진 한 컷으로 떠오를 뿐 타임머신을 타고 가는 앉은뱅이책상이 있고 추억에 잠겨 느린 숨을 쉬는 오지항아리가 있고… 그렇게 모두 흘러간다 나의 디지털 우그러진다 마구간엔 소가 지그시 자기 코를 바라보며 되새김질을 하고, 방에서는 노인들 잔기침 소리만 들린다

예천 말로
—자음

하자면 그렇다

"아부지껴 쌀 부쳐 줘서 고맙니더. 그런데, 집에 된장도
좀 부쳐 줄랄 껴…. 이놈의 서울 된장은 먹질 못 하잖니껴."
"……." "아부지요, 요번에도 용돈 못 부쳐 드렸는데, 다음
에는 꼭 부칠시더. 그런데 쌀에 웬 돌이 그리 많으껴. 아직
도 그 집 정미소서 하니껴. 거가 문제 아이껴." "야가 무슨
포시란 소리로 안 쳐먹을라카만 도로 부쳐! 그케 돈 한 푼
못 버는 니가 아가리 뚫렸다고 그따구 소릴 해. 또 신지 뭔
지 나발인지 그거 하면 돈이 되나 뭐가 되나. 사람 좀 되라
어잉 니 나이가 지금 몇치로 출판산지 뭔지 요즘 언늠이 돈
주고 책 사보노 되도 않게 나무 밑에 헛짓 말고 다 때려치
우고 여산골 농사나 지로 안 끼내려오고." "잘 알았니더, 돈
이야 언제든 벌면 안 되는껴. 그런데 아부지도 도남박사하
고 동문수학하신 분이 안 그라이도 옛날엔 시도 안 지었느
껴." "시끄럽다. 전화요금 올라가이께 끊는다. '찰깍.'"

이까지 쓰고 있을 때,
파리 한 마리 원고지 위에 착 붙어서
앞뒤 발을 번갈아가며 열심히 비비고 있었다.

예천 말로

─모음

예천 말로 모음을 부르면
어메에가 된다
어메에라고 불러보면
함부로 풀을 찾아 헤매다
우는 송아지 울음이
산 그림자에 묻어 있다
어메에라고 불러보면
제 성질을 못 이긴 산양의 뿔이
죄없는 허공을 찌르다
떨어진 낭떠러지 울음이 있다
어메에라고 불러보면
70년대판 국교교과서 『바른생활』에
비가 내리고 비만 오면 우는
바르지 못했었던 청개구리 울음이 있다
어메에라고 불러보면
지상의 둥근 무덤에 잔디가
막 자라나서 가없이 푸른
하늘연못을 자맥질할 때,
잔디 속에 돋아난 뽀비를 뽑아

속살을 발라먹고
빈 오지항아리 속에서
어메에를 기다리며
불러보는,
다시 되돌아오지 않는
메아리가 있다

부 음

버스 창을 때리는 모진 빗소리
새벽의 몹쓸 꿈에서 깨어나면
창틀에 매달렸다 날려가는 빗방울들
생시인가
기우뚱거리며 버스는 강물 따라 가고
강물에 흔들려 거세게 일렁이는데
이렇게 가다가 정말 곤두박질치면
몹쓸 꿈속으로 다시 돌아가
九潭에 닿을 수는 있는 길

부음을 받고 구담 가는 길
안동 지나면 풍산 하회 풍천 구담
물티재 물의 이름으로 남은 마을들
그 넓디넓은 풍산 벌 뚫고
각시탈 흰 이마가 보이는 하회
초입을 지나면 비는 그치고
강 안개가 스멀거리며 세상을 지운다

그는 죽어도 학생일 것이다

무얼 배우러 일찍 떠난 것일까

구담에 이르러 버스는
나를 내려놓고 太極扇처럼
한번 펄럭이다가
안개 속에 지워져버리고
국도 변에 먼지 뒤집어쓴 맨드라미
나를 외면하고 서 있는데
다가서니, 생시의 그가 환하게 웃고 있다

빵구집

—여산골族

빵구집이 있네
무엇이든지 구멍 나면 때워주는 그 집
홀아비 박씨 단 하나 못 때우는 게 있다면,
그 흔한 처녀는 그만두고
벙어리 과부 하나 못 때우는
그 빵구집

가을에

　가을이 오고 가을이 가지만 남은 가을과 함께 누웠다 한 무리의 아이들이 농구공으로 땅을 치는 소리 들린다 울림이 오면 먼 추억 같은 북 소리에 눈뜬다 나는 추억의 북을 지고 북을 친다 사실 나는 눈뜨지 못하고 움직이지 못하고 생각하지 못한다 다만 아이들의 공 소리에 깰 뿐이다 아이들이 땅을 칠 때 공이 힘차게 튀어 오르면 다시 누워서 듣는다 땅이 울리는 소리 가을이 얼마만큼 남은 것을 벗는 소리 가을이 떠나는 소리가 등에서 울려! 등을 치는 북소리 두둥두둥 둥둥둥

명징했다

굴뚝에서 포르릉거리며 나온 새

굴뚝새

굴뚝새 겨울나무 가지 사이로

날아갔다

고요의 무게 속에 지저귄다

나무도 떨렸다

새는

나무 속으로 잘똑잘똑 들어갔다

겨울나무 하나만 남았다.

울 새

새가 나무 속에서 울었다

귀가 저렁저렁하도록

울었다

아니다, 징 소리였나;

가슴이 떨어져나간 듯 눈이 맑아졌다

몸이 절로 먼 산 보고

인사하고 싶어했다

궁금해서 들여다봤다

천덕꾸러기마냥 까치 한 마리

거기, 있었다

찡했다, 그때

바닥을 기어다니는 바보 같은 비둘기 떼들이

머리 위로 총알처럼

날아갔다

깊고 푸른 하늘빛이 떨어

졌다.

붕어 혹은 파문

물 속에서 수면을 톡톡 건드리는

물음표 같은 키스

붕어의 입은;

물의 갈증을 넘어, 마침내

돌을 던지네

물 속에서 온몸으로

물의 사막과 오아시스를 뛰어넘어

붕어는,

돌멩이로 붕붕 날아올라

공중 호수에 파문을 일으키네

하늘엔 파문의 소문들이

낮과 밤으로 흩어져

무늬를 이루고 있네

반짝이는 구름

소문들을 간질이는 바람

붕붕거리는 붕어별자리;

긴 꼬리를 지르는 별똥별

가끔 청명한 하늘을 바라보면

아찔한 비린내가 날 때가

있었다고 나는 말해야겠네

흔 적

대웅전 마룻바닥에 누워서 본 하늘은
문이 열린 만큼 들어왔다
하늘을 본다고 하늘 전부를 말할 수는
없었다

나무는 푸른 잎으로
하늘에 단청을 낳고 있다

양떼구름이 단청 속에 들어가
풀을 뜯고 있다

잠깐, 유난한 매미소리와 뻐꾸기
소리가 거짓말처럼 멈추었다

나뭇가지 끝이 조용했다
뭔가 지나갔다
아마 천사일 것이다

바람이 지나갔다

다시, 숲에 사는 벌레와 새들의,
소리의 향연이
시작된다

다시, 문이 열린 만큼 하늘을 바라보지만
아무 일도 일어나지 않았다
평화로웠다

평화라고
되뇌어 보았던 이런 것들이
복받쳐 헤프게 눈물이
날 뻔했다.

내 마음의 夢遊桃園圖

비바람 지나고 난 뒤 굴참나무 둥치엔
버섯이 뭉게뭉게 피어난다네
둥실 둥 둥 두둥
내 어깨춤도 둥실 비바람에 찌푸렸던
내 늑골에서 느타리버섯이 막
솟아나는 것 같네
두둥실
뭉게구름
온몸에 안기는 夢遊의 구름들
이제 난 구름 한아름 안고
나무 밑에 누워서 내 마음의 桃園을 꿈꾸네
가늘게 숨쉬는 벌레들과 잠을 뒤척이는 풀잎들
나무 속살 깊은 곳 물대롱 타고 물 빨아올리는
하늘을 향해 올라가는 물 두레박 소리에
눈 떠보네 그러나 몽유의 구름은 날아갔네
모두 죽은 듯 조용하기만 하네
멍청하게 버섯 향기에 취해서 머리 위로
비바람 몰려오는 줄도 모르고

내 마음의 깊은 저수지에 있는 無爲寺

똥을 누고 양변기 안을 무연히 바라보면, 황금의 둥근 띠
가 둥실 떠있다 꼭지를 돌리면 물과 함께 분쇄되어 사라지
는 황금의 띠 그런 날들이 꽤 지나 양변기 안에는 검은 後
光이 묵연히 떠 있는 게 아닌가 아니 둥근 용적 안에 붙어
서 선명하게 원을 그리고 있다 나는 이 대단한 발견에 후광
이다! 하고 소리치자 안방에서 바지런을 떨던 아내가 득달
같이 와서 보곤 혀를 찼다 덕분에 나의 몫인 화장실 청소를
하며 수세미로 빡빡 문질러 후광을 지운다

후광이 사라진 후에도 내 안의 스크린은 후광을 견고하
게 받쳐주고 있었다 똥이 빠져나간 후 다시 새물이 양변기
의 水位를 채워도 여전했다 한때는 양변기 아가리에 머리
를 박고 싶을 때도 있었지만 똥만 누었다 그러나 그런 초라
한 자신도 거울을 보면 살고 싶어하는 모습, 다시 양변기에
앉아 똥을 누고 내 마음 안의, 깊은 저수지에 잠겨 있는 고
요한 寺院 하나 찾아간다

夢遊

는개 속을 날고 있는 하이얀 나비 한 마리
고추 꽃술에 앉았다 날자
꽃잎 떨어지자
갓 달린 아기 고추 쉬 하자 나비,
옥수수 꽃술에 붙어 떨자
꽃술 붉어지자
가지와 호박과 강아지풀 사이를 날자
모든 여정이 정적으로 되돌아가자 나비,
날개 는개에 젖어
之之 之字로 는개 속으로 사라지자

遊遊히,

바다로 가는 대웅전

구름이흘러간다하늘이떠내려간다대웅전이잠에서깨어
난다

기실대웅전은출렁거리는단청을헤치고고요히항해를시작
했다

표절, 봄으로부터 겨울로 가는 목련

목련에 매달린 無限의 잎을 어떻게
셀 수 있는지 너는 나에게
말했네
잎은 푸르고 열매는 붉었노라

너는 빛살의 세례를 받고
빛의 비늘로 솟아난 하양 날개의 천사
하늘을 덮을 듯
온몸으로 눈부신 빛을 다 피우고
졌네

빛살들이 휘어졌다 흩어지는
땅위의 통속적인 나날들
목로주점의 식어 가는 불꽃 아래
얼굴을 묻고
불씨마저 스러져 한줌 재로 남을 때,
어둠 속 흐느낌은
하양 明絲에 풀려 흐르네

잠깐, 가사의 잠을 깨우는
공중정원 새들의 합창
푸른 잎이 눈을 뜨고
다시, 수줍어지는 붉은 입술
그 입술 오므릴 때마다
잎은 푸르고 열매는 붉었네

자연박물관

참새 수천 마리가 가맣게 하늘을 덮었다

광 속에서 날개를

치고 있다

바람의 그물만

잘 가시라고

손 흔들었다

하늘의 구름은

뭉게뭉게 피어나고

있다

臥 功

캄캄한 바닥에 등 붙이고 나면,
나도 모르게 뒤따라온 하루치의 삶이
천근 바닥에 대고 속살거리네
세상의 모든 길과 들판들이 바닥으로 모아지고
잠결 속으로 설핏설핏 돋아나는 꿈마저
둥글게 안은 바닥 안에 있네
세상의 저녁에 눈뜨고 자는 나무들; 불가사의한
그 잎은 내 꿈결에 촘촘히 박혀
등 안으로 나분나분 들이밀고 나는 누에처럼 뒤척이네

그러므로 등은 환해지고 속살거리네
한낮 막소주에 취해
가짜나무벤치에 누운 한 남자의 꿈을
전동차 바닥에 타이어 조각 가슴에 달고
온몸으로 기어간 늙은이의 노래
그건 최저의 위안이기도 했네 아직 난,
그 바닥까지 도달하지 못했고
싱싱한 몸을 사랑했네 그러나
그들의 꿈이 내 등 뒤에서 뒤척거리고

누에가 한잠을 다 잃을 때, 우리는
서로의 꿈을 올올이 기우며 가슴은 더워지고 있었네,
천근의 꿈이 흘러가고 새 천년이 왔네
쓰러진 나무와 유통기간이 지난 번데기 통조림과
흙의 몸으로 돌아간 꿈의 둥근 시간들
그 臥功의 꿈을,
바닥이 둥글게 안으면서 속살거리네

때리다

느개는 종소리와 새소리까지 묻어온다 지하실에서 망치
질 요란하다 목수들 다 도망가고 아니 술추렴 갔을 거니 나
는 아직 그 대열에 끼지 못했거니 혼자 못 빼고 있다 시멘
트의 근육이 드러나면 나무들은 사정없이 뽑히고 무너진다
못대가리가 빠져나올 때마다 소리를 낸다 나무에 상처를
남기며 바닥에 떨어진 못도 제 모습은 아니다 유난히 구부
러져 나무에 박혀 있는 못 하나, 망치로 못대가리를 친다
망치가 헛방을 놓고 내 무릎 친다 아뿔싸! 무릎에서 녹슨
못 하나 빠진다 수년 전 우연히 날아와 박혔던 모두가 원하
고 나도 허락했던 못 하나, 그런 상처의 꼭지를 홀로 만나
는 적요 지워지지 않는다

다시, 느개에 아롱진 종소리와 새소리 지하실 문틈으로
내리고 있다 바라보는 들림 들림의 취기, 취했다 이윽고 방
심 탓일까 아니다 마무리가 매끄럽지 못한 습관일 게다 벽
에 걸쳐 세웠던 삽포대가 무너지면서 팔뚝을 낸다 때린다
묵직한 아픔에 못 이겨 팔뚝 살이 뭉텅 빠지듯 굴뚝새 한
마리 날아간다 그런 적요를 날개로 조금씩 지우며 느개 사
이로

無限動力

앙상한 손에 잡힌
부채가 오른쪽에서
왼쪽으로 허공에서 작동하면
허공에 멍하게 떠있던 공기는,
갑자기 선착순으로 쏠려가네 – 다시,
왼쪽에만 결코 머물지 않는 바람은 자동적인 작동으로
공기의 이동을 멈출 수 없네 – 오른쪽으로
그리하여 바람은 구멍 숭숭한 노인의 뼈 속을 빠져나간 듯
등짝이 펄럭거리네
수세미 같은 노인 가짜나무의자에 앉아
부채를 잡고 허공의 바람을
이리저리 마음껏 몰고 있네
갑자기, 허공을 가르던 부채가
노인의 가랑이를 탁! 치자
언제나 한 수 빠른 파리 한 마리 유유히 날아가는데,
마침, 노인의 가랑이 밑에서 잠자던 바람이
화들짝 빠져나와 사방팔방으로 흩어지네
수세미 같은 노인의 재미난 부채질

원근법

비린내 나는 대낮에 핸드폰은 잠시도 그냥 있지 못하고
내 귀를 잡아당기네
아주 가끔 작정한 끝에 핸드폰을 잊어버리는 호사로
난, 신사양복을 입고 산을 바라보네
산은 늘 푸른 콩이 푸른 껍질 안에 누워 있듯
안은 터질 듯 부풀려 구름과 바람을 붙들어 매네
내 바로 뜬 눈도 이끌려 가면
산은 지상의 꽃으로 가깝게 조여 오다가
이내 멀리 깊고 검푸르게 풀어지네

밤새 산은 먹을 풀어놓고
지그시 바라보며 내게 핸드폰을 치네
그럴 때 더러는 지상으로 별꽃을 반짝 보여주다가
이내 먹장구름이 검푸르게 피어올라
저, 꽃들은 어디에서 조용히 피었다 지고
죽음은 살아서 잠드네

내가 三色을 훔칠 때

내가 세상 사람들에게서 훔친 돈은
기실 아버지의 돈이었다
그러니까 내가 훔치면 아버지는
훔친 액수만큼 허리가 휘도록 도로
메우는 것이었다.

내가 세상 여자들을 훔친
것은 기실 어머니의 살이었다
훔친 여자가 불어날수록 어머니의 살은
쪼글쪼글해졌다.

내가 세상 술통들을 훔친
것은 기실 죽은 神의 눈물이었다
빈 술통이 쌓여 갈수록 神은,
울었다.

어느 날 아버지는 ㄱ자 허리가 되고
어머니는 쪼글쪼글 말라버린 콩이 되고
神은,

눈물이 말라버린 눈동자 속에
황무지를 담아서 고비사막으로 걸어갔다.

언덕에서

재개발지역, 뭉실뭉실 누워 있는
언덕에서
아이들이 구멍을 파고 있다
아이들은 사람보다 흙과 친하다
나뭇가지로 손가락으로 신나게
구멍을 판다

구멍을 보면 은밀히 떠오르는
나의 병적인 陰畵는 너무 울창하여
너덜너덜하다
말씀의 혀가 날름거리며 구멍으로 들어간다
막 發芽하여 태어난 말들이 구멍으로 들어갔다가
나온다 진흙으로 빚어진 말들이

언젠가 눈뜨고 나면
포클레인에 밀려서 늘펀하게
뭉개질 언덕이여
하세월 多産性의 건강한 육체를
가졌던 언덕이여

이제 이 길 뚫리면
무수한 바퀴와 성장이 멎은 인간들
버펄로 떼처럼 그대 몸 위로
달려가리 그때 그대는 기억하겠는가
아이들과 함께 구멍을 파고 싶어
쭈뼛대다가 부러움만 한 아름 안고
돌아선 때묻은 한 남자를

엑스트라 두부

　누가 나에게 칼질을 하면 근육과 뼈가 튕기는 본능의 힘
도 없이 몸을 내준다 투명인간이 안 보이듯 눈사람이 녹으
면 물이듯이 이 물렁한 몸은 거의 허드레꾼 구색으로 있지
만 누구 옆에 있어도 잘 잊혀진다 기호적이지만 된장찌개
끓고 있을 때 뭔가 빠졌다고 느낄 때 그대는 그제야 생각나
는 듯 두부!라고 중얼거린다 나는 말이 없다 그저 그들 옆에
있을 뿐이다 대사 없는 엑스트라다 칼이 내 몸을 빚으며 지
나갈 때 몸의 울림이 오면, 여백의 문을 열고 어디든 간다
그러니까 당신 입술을 통하여 라디오에서 흐르는 소리를 통
하여 쓰다만 시를 통하여 누군가 두드리는 창문을 통하여
비탈에 서 있는 작살나무를 통하여 그 가지 끝에서 곤두박
질치는 한 줄기 폭포로 요동치며 당신 가슴을 두드린다

　자, 이제 근육과 뼈를 다 발라낸, 맨살로 뜨거운 나, 엑스
트라 두부를 입맛이 없거나 내키지 않아도 한 번 맛 좀 보
시겠습니까?

푸른 잎 하나가

푸른 잎 하나 눈 시릴 때가 있다
푸른 잎은 햇살을 타고 날아가
유리창 하나 푸르게 하길 바란다
멀면서 가까워지는 바람 소리가 유리에게
들어와 스스로 갇힌다 갇혀서 자유로운 소리는
푸르게 살아 움직이며 눈을 뜬다
잎으로부터 뻗어 있는 길들을 믿을 수 없구나
그 길 위엔 바퀴가 굴러가고 바퀴 위에 내가
누워 있지만 바퀴는 바퀴의 의지로만 굴러간다
그러나 전혀 바퀴에서 내릴 기미가 없는 나

푸른 잎 하나가 내 이마를 스쳐갈 때
푸른 잎 하나 눈이 시릴 때
잎의 始原을 그려본다

지나온 모든 길 위에 내가 있었다

후회

긴 강을 찾아
갈매바람에 감겨서
몰래 한 모금 적셔 볼까
차라리 갈증 나는 목구멍은 불처럼 화끈거리기만 해
강 끝
먼지가 소복이 쌓여 있는
빈집에서 그 동안
긴 여독을 풀려고 소주병을 딴다
안주는 병든 남자의 갈비뼈 한 접시와
국물 한 냄비
병 속에 갇혀서
날고 있는 학 세 마리
흰색이 회색으로 변한 벽에
당신 앞에 바다가 있습니다 그렇게
생각해 보세요라고 적힌 노란 글씨가
빈집을 지탱하고 있다
아, 바다로 가지만 결국 되돌아온다는 사실

혹시라도 떠다니는 섬이 있다면……잠,

잠이 쏟아진다
수심보다 깊은 잠이

소금창고

옛날 이발관 머리맡에 붙어 있는,
내 눈까풀에 아롱거리는, 낡고 바랜
흑백사진 한 컷으로 찍히고 마는,
염전 위에 떠 있는 소금창고
고적한 겨울바람이 창고를 흔들 때마다
켜켜이 묻어 있는 소금
소금에 절은 소금의 추억들은
출렁거린다 빈 소주병들
벽 틈으로 새어 들어와 꽂히는 빛살을
간간이 튕겨내는 파도 소리들
먼 길 왔다 지친 시린 바람에 고개 숙이고
화톳불에 몸 비비다
뒤에 누군가 서 있는 것만 같아
돌아보면, 말라빠진 행운목 한 그루
서 있었네 그랬다네 모두들 떠나기 전
소주를 들이켜며 추억했다네
출렁이는 바닷물 끌어안고
오뉴월 땡볕 아래 담금질하며 눈먼 낙타처럼
걸었네 끝 모르고 걸어갔지만

끝에 이르면 알았네 끝은 처음부터
나를 따라왔다는 것을,
먼 수평선 너머 달 뜨는 밤마다
이미 완성된 소금이 알알이 출렁이던 것을

잠든 느릅나무와 춤을

자전거 페달을 밟을 때마다 무릎은
허공의 웅덩이에 푹 빠졌다가 튀어 오르는 生이네
그렇게 한 번은 내려가고
한 번 올라오는 리듬으로 도달한 숲엔,
잠든 느릅나무 하나 고요하여
팔을 내리고 서 있네
그 옆에 나무와 나무들, 나무들은
서로가 겹쳐 있어도
절묘하게 춤추고 있네
오래된 춤이면서도 늘 같지 않아, 서로 어떻게 출까 몰라도
바람 부는 대로 척척 맞는 춤이네
때로는 숲의 처마에 매달린 고드름에서
순간, 파도치며 일렁이는 물결이라네
따뜻한 물결 속엔,
어린 풀들이 아슴푸레하고, 마침내 나는
잠든 느릅나무에 희미한 은빛 자전거 세워놓고
은은한 공기에 휩싸인
나무 내음 실컷하여,
밤 숲의 벌레 소리 귀에 간지러워라, 그리하여

난, 나도 모르게 잠자는 느릅나무 살포시 안으며,
내 무릎은 나무에 스며들다,
나무가 튕기는 리듬에
살며시 밀려나네

무좀에 대하여

발가락 사이에 물푸레나무를 심고
흐르는 강물에 발 담그라 하네
발에 땀 배어날 아무 일도 하지 말고
물푸레나무 푸른 물결 바라보며
불타는 발 식히라 하네
길에서 만난 떠돌이 藥師 말씀이
무좀에는 王道가 없다며 그렇게 백발백중
무좀균을 완전 섬멸할 약이 있다면
그는 지상 최대의 재벌이 될 거라 하네
끈기를 시험하면서 발라 보라네
하지만 나는 알지 나의 한계를
이미 傷한 발가락은 죽음을 향해 꼼지락거리며
매일 저녁 피안의 강물에 잠기곤 하지
흐르는 강물에 발 담그고
물푸레나무 무성히 기를 수 있다면
지리한 生의 구두 강물에 던져 버리고, 드디어
발가락 사이에서 뿌리내려 울창한 숲을 이룬
물푸레나무 사이로
맨발로 뛰어갈 것이네

오후에 접하다

    느티나무 낮잠 밑에서 깨어나 보는 오후는 하얗게 햇빛 속으로 들어가고 있다 우선 느티나무와 시들한 풀들이 분명 그늘 속에 축 늘어져 누웠던 쇠불알이 그 앞에서 달리는 개울물 소리가 산을 찾아가는 구름마저 살랑거리는 어린 바람마저, 라고 느낄 때 평상에서 일어나 앉으면 언제 왔는지 늙은 똥개가 순한 눈으로 나를 바라본다 개 눈 속에 눈곱으로 대롱거리는 나, 나를 담아서 훌쩍 가버리는 개

    아득한 빗살무늬바람이 불어온다 그것도 느티나무가 흔들려서 울 때 빛 속으로 사라져간 것들이 찰나로 내 몸을 스쳐 지나간다 하나씩 헤아려 본다 다행히 다같이 있었다고 떠난 것은 잠깐이라고!

물 때

더러는 물도 때를 벗을 때가 있네
제 몸에 묻은 때에 물길을 열며
오시는 비를 맞이하며 몸 맡기며 스며 갈 때,
물때는 때마다 제 몸 안을 들여다보며
얼비치어, 몸 지우고 지우며
잠결 속으로 흩어 퍼지는 물무늬들
물결 속 실핏줄 건드리는 소리어

건물을 껴안고 있는 겨울 안의 담쟁이덩굴
건물의 용적을 숨 가쁘게 넘어
허공의 심연에 손 뻗어 담구고 있는 잔가지들
바람이 잔가지의 물때를 건드리면
거친 반점 각질 떨리네
물때, 허물처럼
너풀거리는 물때
물큰한 물비린내여

죽은, 느릅나무가

깜깜한 개울가 마른 돌들만
희미히 빛나는 밤이었죠
그 틈에 느릅나무 하나 죽어서도
잔가지들, 바람으로
한땀 한땀 바느질하고 있었죠

손 닿지 못하는 하늘에
잔가지들, 온몸으로 하늘 호수에
조용히
지상의 옷 한 별 입히고 있었죠

표절, 서울森林

물건마다 날짜가 찍혀 있다
날자가 찍혀 있지 않은 물건은
없을까 유효기간이 지난 통조림 깡통
옆에 한 남자가 피를 흘리며 쓰러져 있다
추억도 통조림 깡통 속에 넣을 수 있다면

스튜어디스를 유혹하고 싶을 때가 있다
삼만오천 피트에서 그녀를 유혹했다
그녀가 방에 들어오자
방이 불어났다 자꾸 커지는 풍선처럼
우리는 그렇게 방을 키워 갔다
그녀가 캘리포니아 드리밍을 부르면서 떠나간 후
나는 바빠졌다 방은 감정이 울컥해지고
아, 나는 사소한 것들을 위로한다
수건을 빨면서 수건을 흔들면서 울지 말라고 한다
"이제 비누는 야위었어."
여전히 감정이 풍부한 수건이다
수건이 울 땐 기분이 좋다

나는 비디오 重慶森林을 보면서
시를 쓴다 몇 번씩 돌려보면서
시 같은 대사를 적고 있을 때
삐삐가 울렸다
1996년 12월 13일 한 여자가
나에게 생일을 축하한다는 메시지를
남겼다 난 그녀를 잊지 못할 것이다

이젠 이 미로 같은 복도를 지나
흐린 창이 있는 다락문을 열고 들어오는
첫번째 여자를 사랑해야지

벽에 걸린 흑장미는 마른 명태 같다
—보르헤르스에게

거울이 있고 촛불이 있고 창문이 있는 밤에
장미를 꿈꾼다 장미는 명료하게 잡힐 듯
다가오다가 사라진다 그러니까
머리에서 일어나는(그렇게 생각되는) 램프
빨간 스포츠카
풍만한 젖가슴과 히프가 멋진 여인
마룻바닥에 떨어지는 피
수평선을 달리는 기차
불쑥불쑥 솟아나는 날개…
보랏빛 음화들이 문제다 이런 환영들을 지운다
선명하게 다가오는 장미 아니다 흐려진다
가슴 안의 펌프질이 혼란스럽고 변덕스럽다
이마저 차단하고 건드리지 않고
눈으로 조사하고 관찰하고
눈으로 교정하는 것에 작업을 한정시킨다
적당한 거리와 여러 각도에서
드디어 장미 한 송이를 만난다
벽에 누워 있는 빨간 장미
나와 눈이 접하는 찰나

장미는 벼락같이 기차를 타고
벼락 같은 날개를 달고 벼락 같은 그리움 넘어
바다로 벼락같이 들어간다 거기에
명태 한 마리 꾸벅거리며 졸고 있다
그날 나는 술이 취했구나
취해서 쓰러져 잠이 들었고 책상 위엔
쓰다 만 시가 있고

빵의 연인

배가 고파서 밤길을 걷는다 아무것도 먹고 싶지 않은데
빵을 사면 힘이 날 것 같다 그래 풍요를 약속할 수 있을 것
같아 화려한 진열장 안 최대한 풍요롭게 생긴 빵을 산다 빵
봉투를 들고 밤길을 걷는 것은 모범시민 같다 사람들이 자
꾸만 보는 것 같아 그녀는 골목으로 들어간다 빵을 산 것이
후회된다 그 충동은 무엇일까 오래 전에 각인된 『빵으로 된
집』의 기억이 아닐까 그렇다면 베킹파우더가 반죽을 부풀
게 하듯이 시작된 꿈이 아닐까 그러고 보니 빵이 너무 크다
몇 점 찢고나면 나머지는 푸른곰팡이의 차지가 되겠지 썩
는 냄새는 충동을 견딜 수 있는 힘이 될 거야 냉장고 문을
열고 멀거니 안을 바라본다 한쪽 귀퉁이에 "주의사항"을 읽
어본다 금세 내용들을 잊는다 사과가 그 안에서 열심히 썩
고 있다 사과에서 애벌레가 기어 나온다 끔찍한 변신이다
창가에 두면 나방의 꿈을 이룰까 그래서 날아다니는 사과
가 될까 그러면 고기들이 날아다닐 거야 비린내야 나겠지
만 재미있을 거야 그녀는 빵을 조금 떼어서 씹어본다

돌복숭아나무

수채 가에 저절로 난
내 어린 시절의 돌복숭아나무
훌쩍 커버린 나무에
볼짝이 볼그레한 아이들 나무를 타고
연초록 가슬한 털 돋아날 때,
대구나 서울로 떠난
말 같은 가시내들은
돌아오지 않았다.

10년 동안 돌복숭아나무와 이별했다
10년 동안의 돌복숭아나무는
돌복숭아 몇 개만 낳고
하루살이만 날아와
무소식이 소식이라고 전하는,
모든 재수 없음의 뿌리였다
재수 없다고, 모든 萬惡의 근원은
이년의 돌복숭아나무라고!
나는 베었다
톱밥을 토해내는 나무는

하얀 속살을 드러내고
검은 수피 속에 잠자던
말 같은 여자
울며 울며 토해내는
복숭아 냄새에
비지땀을 흘리며 톱은
땅에 떨어졌다.

다시, 10년 동안 돌복숭아나무와 이별했다
10년 동안 재수와 萬惡들은
더 이상 열리지 않는 열매들과 함께
소식 묘연하다는
풍문만 떠돌았다 다시,
나무의 상처가 궁금해 더듬거려 보았다
말끔했다
다만, 상처의 보이지 않는 경계 어디쯤인가
아련히 흐느끼는 소리 들은 듯했으므로,
검게 빛나는 나무 앞에
고개 숙이며 숨을 깊게 들이마셨다

향기로웠다.

파리의 날들

파리는 마지막 탱고가 아니다
파리는 붕붕 날갯짓하는
검은 상념이다

눈에 뜨이면 쫓든지 죽여야 하는 파리
파리채를 휘두른다
머리치기, 목치기, 허리치기, 뒷통수치기
잘 안 된다 살려는 본능은
언제나 내 손보다 한 수 빠르다
한참 손을 놀리다 그냥 멈춘다
내가 관대해서가 아니다

부질없다
나의 살의를 용서하라
바둥거리며 밥을 탐하고
시도 때도 없이 붙어먹고
죽어라 싸돌아다니는 것도
언제나 비굴한 네 손짓도 다
나를 닮았다

나는 빈 밥상 위에 눕는다
자, 거절 말고 나를 탐하라

통화로 가는 길

집안에서 통화로 가는 길은
어렵다 모든 길과 나무들은 천년 동안
물 속에서 자고 있었다

겨우 도착한 통화에선 통화가
되지 않는다 모두가 불통이다
불통인 방으로
그녀가 은밀하게 들어온다

그녀는 모든 걸 눈동자에 담고 왔다
그 속에 밤을 달리는 기차가 있고
쓰다 만 시가 있고 작은 술병이
있고 꺼지지 않는 램프가 있고
자꾸 자라는 의자가 있고 따스한
빵이 있고 감미로운 꿈이 있다
말이 필요 없다 아니
말이 사라지면서
어둠에다 흔적을 남긴다

불통의 방에서 나는
해파리처럼 둥둥 떠다녔다

중국, 코르크 코르크

자루처럼 생긴 보온 물통이 기차
복도 사이에서 흔들리고 있다
코르크 마개가 아슬하게 水壓을 견디고
물통을 끼고 앉은 꾸냥이
마른 빵을 찢고 있다가 힐끔
힐끔 나를 보다가 흐린 차창을 보다가
다시 나를 힐끔거리다가
까만 이를 드러내며 웃는다
내가 마주 웃어주었을 때
갑자기 어둠이 차내로 몰려들었다
15촉짜리 전구가 깜빡이는 동안
먼 하늘에 노을이 번졌다
얼굴이 붉게 타고 있다고 느낄 때
그녀가 코르크 병마개를 잡아 뽑았다 잠시
커브 길에서 차창이 흔들거렸다
그녀는 흔들리며 물을 마시고 코르크
병마개로 물통을 封했다
코르크 코르크 코르크
수면제 뿌린 듯 睡魔가 기차를 집어삼키고

꿈의 절벽으로 추락하는 그녀의
작은 손이
마술처럼 내게 다가오는 걸 느끼며

북한, 그 단편들

1. 밥의 난

늦은 저녁 허기에 밥과 미역국을 우겨넣으며

김치를 우적거리며 뚱뚱한 티브이 화면을 힐끗 보면,

부황이 들어 올챙이배에 넘어질 듯 흔들리던 북한 소년
을 힐끔 보다가,

뜨거운 김 때문인지 악어의 눈물처럼 핑글거리다가

또, 밥과 국을 우겨넣으며 티브이를 보네

그 소년 찢어진 옷 사이로 삐져나온 새부리 같은 살 헝겊
보자기로 가리고,

피곤과 굶주림에 그래도 밀려오는 졸음에

조용히 눈까풀 내려앉네

(카메라 슬로모션으로 클로즈업되면서)

서 있기조차 힘들어 앞으로 갸우뚱 넘어질 뻔하다가,

저절로 노랗고 불그스름한 색으로 바뀐 머리카락이 한줌
의 바람과 접할 때,

시베리아에서 발원한 북서계절풍은,

몽골과 개마고원을 거쳐

대학로와 종로와 압구정에서 일곱 무지개 색으로 염색한

신세대 머리카락을 나풀거리게 하다가

　맥도날드 햄버거店 문을 밀고 나오는 그들의 찢어진 청
바지 사이로

　함부로 비어져 나온 허벅진 살을 건드리며

　거제도와 제주도를 거쳐 오키나와로 빠져나갈 때,

　김치와 밥을 떠넣으며 나는 생각하네;

　낙동강, 압록강 그리고 지리산에서 너나 할 것 없이 피철
갑에 모래와 흙을 뒤집어쓰면서

　찢어진 전투복 사이로 삐져나온 살과 굶주림과 씨레이션
박스와 다국적기업의 잉여농산물을

　언제나 먹고사는 게 문제라면

　그렇다네 어디서나 난리는 먹고사는 거라네

　나도 뱃속의 난을 밥으로 끄면서 오늘따라 악어의 눈물
을 삼키며 참 많이 먹었네

2. 대동여지도

실핏줄로 이어진 밥통(들)

개마고원

내 마음의 지리부도엔 개마고원이 무늬져 있네
어머니의 어머니인 그 어머니가
무섭도록 아름답고
튼튼한 처녀의 몸으로
맨머리에 집채만한 동이를 이고
찰랑이는 천지의 물 위를 하얀 맨발로 건너와
내 잠결 머리맡에 감자와 귀리와 콩, 우수수 쏟아 붓고
돌아서며 달빛 밟는 소리 아득해라
처음 맨발이 땅에 아프게 박혀 있어도
아파하지 않고
그녀의 맨머리는 울창한 원시림으로 살아 있어
종내, 구릿빛 등고선으로 가로누운
그녀의 몸은
언제나 뭉긋하게 높은 산이었느니

백두산 천지

1

중국의 옥수수와 바꾼 일제 찝차는 북한에서 왔다 한족
기사의 노련한 운전 솜씨와 상관없이 아슬아슬하게 정상으
로 가고 있다 천지가 다가올수록 구름에 걸리면서 만년설
이 눈에 밟힌다 정상에는 인공란 때 압록강을 넘어온, 두꺼
운 중공군 복장을 한 사람들이 한여름인데도 방한복을 대
여하고 있다

2

천지는 쉽게 모습을 드러내지 않는다 자작나무 곧은 등
허리 쓸고 올라온 바람이 분다 내 마음 안의 지도로 무늬
졌던 천지는 무궁한 물결 안에 춤추고 있어 어머니 자궁 속
에서 춤추었듯이 언젠가 한 번 와본 듯한 가슴을 치는 玄玄
한 현기증이다

그리하여 큰어머니 천지 안에서 무궁한 세월 견디며 지
켜온 내 무늬의 결 속에 살아 있는 水宮圖, 따뜻한 상징이

춤추며 더러는 구름을 하늘로 보내면 오래 기다리던 그 하늘이 잠깐, 천지에 들어갈 것이다

생활의 발견
— 구름

구름을 바라보며 세상 만상과 그림 맞추기를 한 적이 있네
그럴 때면 구름은 언제나 내가 생각한
처지와 내 몸에 딱 맞아떨어지네
완전히 제 논에 물대기 식이지만 그렇다고 구름은
뭐라고 맞다 안 맞다 그런 적도 없지만
그림을 맞추다가 구름이 제멋대로
흩어져도 구름을 잡고 뭐라 할 수도 없네

아득한 그때부터 지금도 늙지 않고
흘러가는 구름이여
물렁물렁한 구름이여
내가 그린 욕망과 지상의 사랑이
온전히 그림틀 속에 있지 않고
조금씩 느슨하게 흩어지는 이별이여
다시는 못 볼 이별이여
그대의 부드러운 몸과 옷자락을 부여잡는
내 剛愎한 완강함에도
어지없이 뿌리치는 헐거움이여

91

가끔, 천진한 어린 사랑을 떠올리며
솜사탕을 입에 물고 뭉게구름 웃음만큼 웃다가
천근만근 무게로 내 머리 위에 떠 있는
구름이 갑자기 우레와 천둥에 소낙비로
내 몸을 흠뻑 적시네
한낱 헛된 꿈밖에 모르는
내 그림판에 벼락을 쳐도 어이할 수 없네

月印千江
—양파

창가 천정; 덩그러니 그물자루에 매달려
無心하게 떠 있는 달 같은 양파들
숫제 속내도 보이지 않던 양파들이
까면 깔수록 수천의 혀를 보이던 양파의 결들이
두 눈 가득한 향기로
내 눈물만 흘리게 했던 매운 삶이여,
달이 덧없이 떴다 지는 동안
그물자루 뚫고 수천의 혀로 싹트는데
이왕 모른 척 지나가자고
이제 뭐 먹을 게 있다고
솟아오르는 아까움을 탓해보네
어느 날,
뭐, 떨어지는 소리에 후다닥 나가보니
양파! 허방을 밟고 한 무더기 쏟아졌네
자루는 찢어지고 양파들은
수천의 혀를 비워낸 無心으로
모든 껍질 벗은 사리처럼
허공의 부피만큼 차오르는 빈 몸으로
내 몸을 단단히 채우네

月印千江

—거푸집

아이들이 비누방울 거푸집을 만드는데
입술을 오므리며 호하고 불면
금세 허공엔 총천연색 둥근 우주가 탄생한다
무수히 떠 있는 거푸집,
1초 동안 깜박이는 아이들 눈동자엔
거푸집은 태어나 자라고
거푸집은 오래 살다 사라진다

못자리가 한창일 때,
수천의 하얀 밥알로 떠 있는 이팝나무
너무 많아서 무거운 밥을
잘 가시라고 허공의 거푸집에 고봉밥을 잘 먹여준다
비누방울이 허공에서 잠시 떠 있는 동안
이팝나무에 붙어 있는 수천의 밥알을
고봉으로 아이들에게 먹여준다
배부른 아이들이 더욱더 힘을 내어
입술을 오므리며 비누방울을 불어낸다

못자리가 한창일 때, 거푸집에서

아이들과 비누방울과 이팝나무가 잘 어울려서
서로에게 고봉밥을 먹여주며 잘 놀고 있다

月印千江
─물푸레나무

푸른 달밤 물푸레나무 하늘에 오르다
푸른 새 한 마리 허공에 낳아놓네
길을 모르는 푸른 새
허공에 발 디딜 때마다
셀 수 없는 푸른 잎 무수히 돋아나네

푸른 달 부풀게 솟아오르다
깃털이불구름 속에 몸풀 때
새의 깃털이 고요히
고요히 날아와
풀 위에 접하면, 잠시
그저 잠시 고요한 무게로 하늘이 내려앉네

새의 날개였던 깃털은
부지런한 날개의 파동으로 빠져나와, 잠시
새의 몸을 내려놓고, 다시
몸이 간직했던 중력을 내려놓고, 잠시
그저 잠시, 중력을 간직했던 기억을 풀어놓고
풀 위에 아무것도 아닌

아무것도 아닌, 점 하나쯤
풀어놓으면 지상의 잎들은,
푸른 물결 가득 입에 담고
수천의 푸른 강으로 흘러가네

감각의 향연, 그리고 선

김 종 태(시인 · 호서대 교수)

　김영탁의 시는 감각적 사유를 풍부하게 소유하고 있다. 그의 감각은 대상과 현상의 본질을 투시하고 간파하여 명징한 구체성의 이미지를 조형하려는 장인 정신의 소산이다. 주체와 객체 사이를 왕래하는 감각의 광휘를 따라가면 시인이 형상하려는 대상의 실루엣이 감지된다. 인정주의가 깃든 소박한 리얼리즘을 보이는 듯한 작품들 역시 삼라만상에 조응하려는 주체의 노력을 보인다. 그가 그려 놓은 고향의 풍경이나 북한의 모습에서조차 감각적인 시어들과 어울린 상상력의 폭이 결코 좁지 않으며, 낭만적 사색을 통하여 서러움과 외로움이라는 고답적인 정서를 불러일으킬 때에도 직서적인 발화보다는 감각의 구체성을 따르는 것은 흔치 않은 미덕이다. 감각적 사유를 통한 명쾌하고 개성적인 이미지의 발현이야말로 그의 시가 궁극적으로 지향한 선적 세계의 원근법을 만들어내는 근간이다. 대상을 순간적으로 인식하면서도 그 순간성 속에 영원의 형이상학을 불어넣으려는 깨달음의 도정은 김영탁 시의 핵심이며, 그의 시가 앞으로 나아갈 바를 상징적으로 알려준다.

1. 원형적 풍경과 기억의 미학

김영탁은 화해로운 유년의 고향 체험을 잘 간직한 시인이다. 이번 첫시집의 한 축은 시인의 고향이다. 한 시인의 첫 시집에 나타나는 고향 이미지는 그의 시가 역동적으로 변하여 가는 과정의 출발점으로 자리매김되는 경우가 많다. 그런 의미에서 유년과 고향에 관한 체험은 시세계의 전체 구조에서 매우 소중한 의미망을 형성한다. 김영탁 시인 역시 고향의 풍경을 하나의 원형적 공간으로 수용하면서 그곳에 얽힌 갖가지 이야기를 동일화의 방식을 통하여 서정적으로 형상화한다. 그의 고향은 추체험의 형식을 통하여 재현되는데, 이때 기억은 고향의 이미지를 매우 명징하게 그려내는 데에 이바지한다. 그의 기억은 고향의 원형성을 생생하게 간직함으로써 추체험의 미적 공간을 충분히 환기시킨다.

오랜만에 고향집엘 갔더니 웬 시계가 그렇게 많은지, 방마다 시계가 걸려 있다 부엌에도 정낭에도 헛간에도 마구간에도 걸려 있다 이 많은 시계들! 어디서 왔을까 아마 쑥떡 같은 노인들만 사는 곳이라 흔해빠진 시계, 선심 쓰듯 왔을 것이다 시계들은 내가 신뢰하는 디지털하곤 아랑곳없이 흑백 사진

한 컷으로 떠오를 뿐 타임머신을 타고 가는 앉은뱅이책상이
있고 추억에 잠겨 느린 숨을 쉬는 오지항아리가 있고… 그렇
게 모두 흘러간다 나의 디지털 우그러진다 마구간엔 소가 지
그시 자기 코를 바라보며 되새김질을 하고, 방에서는 노인들
잔기침 소기만 들린다

-「보고 싶은 서정-여산골族」 전문

　시인에게 고향은 당연히 "보고 싶은 서정"의 공간임에도
불구하고 "오랜만에" 갈 수밖에 없는 곳이다. 시인이 오랜
만에 찾아간 고향은 친근함의 정서를 불러일으키는 동시에
낯설음의 체험을 하게 하는 이중적인 의미를 지니는 공간
이다. 방과 부엌과 정낭과 헛간 등 여러 곳에 걸려 있는 많
은 시계들은 주체로서의 시인과 타자로서의 고향을 분리시
켜놓는다. 그러나 이 시계들은 모두 디지털이 아니라 아날
로그이므로 농촌의 풍경과 어울리기도 한다.
　그리하여 낯설음의 정서는 오래가지 못한다. 시인은 "타
임머신을 타고 가는 앉은뱅이책상"과 "추억에 잠겨 느린 숨
을 쉬는 오지항아리"를 바라봄으로써 자신의 기억 속에 있
는 고향의 이미지를 떠올리게 되고, 다시 고향은 친근한 모
성적인 공간으로서의 의미를 회복하게 된다. 많은 시계가
고향의 모습을 이상하게 보이게도 했지만, 그럼에도 불구
하고 아직 고향의 대부분 모습은 시인이 기억하는 옛 모습
그대로 남아 있다. 즉 "타임머신을 타고 가는" 시인의 기억
과 지금 고향의 모습이 크게 다르지 않다. 「보고 싶은 서
정-여산골族」이 고향의 현재 모습을 주로 형상화한다면,

「옛날 빵집」은 고향의 과거 모습을 형상화하는 작품이다. 후자에 이르러 기억의 힘은 과거 공간에 대한 복원력으로 작용한다.

> 다시, 빵집 안은 뜨거운 김으로 메워져
> 유리창에 뿌연 우유가 흐르고 상식이는 부르튼 손으로 찐
> 빵을 만지네
> 난, 자전거 술 배달 가신 아부지를 기다리며
> 찐빵이 집채만큼 부풀어 문짝도 기둥도 지붕도 벗어버린
> 빵으로 된 집을 꿈 꿀 것이네
> 이윽고 자전거와 술통이 덜컹거리고 서늘한 찬바람에 진한
> 막걸리냄새를 작업복에 묻혀 오신 아부지는
> 뻑뻑한 막걸리에 불어터진 두꺼비 같은 손으로 한지에 싼
> 찐빵을 머리맡에 툭 던져 놓고 횅하니 나가시네
> 찐빵과 막걸리 냄새에 난, 달고 몽롱한 꿈에 취해
> 김이 모락모락 피어나는 찐빵, 찐빵이 그 할배의 빨간 모자
> 를 쓰고
> 내 낮잠 위의 조선이불을 밟고 지나가네
> 그리고 와르르 선물을 쏟아놓고 지나가네.
> ─「옛날 빵집」 부분

이 시의 두 가지 중심 이미지는 "찐빵"과 "막걸리"이다. 이것은 둘 다 음식 이미지이다. 시인은 음식 이미지를 통하여 고향의 모습을 실감나게 재구하는 데에 성공한다. 이 시가 그리는 것은 유년의 환상이 있는 고향 공간이다. '어린

'나'는 옛날 빵집 유리창에 흐르는 물방울을 우유라고 생각하면서 술 배달 나가신 아버지를 기다린다. 이 기다림의 시간은 '어린 나'로 하여금 "찐빵이 집채만큼 부풀어 문짝도 기둥도 지붕도 벗어버린 빵으로 된 집을 꿈 꿀 것이네"에서 보이듯 더욱 충만한 환상에 빠져들게 만든다. '어린 나'의 환상은 아버지에 의해서 어느 정도 현실로 재현된다. 막걸리 배달을 마치고 온 아버지가 머리맡에 두고 가는 찐빵 선물은 산타클로스 할아버지의 선물만큼 행복함을 전해주었다. 그러므로 '어린 나'는 아버지의 막걸리냄새와 상식이네 찐빵 냄새에 취해 다시 황홀한 낮잠을 잘 수 있었다. 이 시는 유년의 체험과 환상에 대한 기억을 통하여 시인이 경험한 고향 이미지의 한 부분을 구체적으로 형상화해 준다. 그런데 재미있는 점은 이 기억이 떠오른 장소가 아침을 거르고 탄 "출근길 마을버스 속"이라는 점이다. 고향에 대한 애틋하고 간절한 기억이 타향에서의 결핍의식에 의해서 발현되는 것은 당연하다. 시인은 고향의 찐빵과 우유와 막걸리를 떠올리면서 잠시나마 아침의 허기를 잊게 된다.

이 시에 나온 음식 이미지에서 보이듯, 이번 시집에는 고향 혹은 농촌의 모습을 섬세한 감각을 통하여 재구해내는 경우가 여럿 있다. 이 중에서 특히 좋은 이미지를 보여주는 표현은 "바람이/옥수수 대궁을 흔들면/꽃술은 붉게 취해서 가을 운동회 깃발처럼/흔들리고 대궁 끝의 끝에까지 올라온 수액이/힘차게 집을 들어올렸다"(「황홀했던」)와 같은 구절이다. 원형적인 고향의 모습조차 감칠맛 나는 이미지를 통해 감각적인 형상으로 치환시켜 놓는 것은 김영탁 시의 강점이며 그의 시세계가 지닌 전반적인 특징이다.

> "아부지꺼 쌀 부쳐 줘서 고맙니더. 그런데, 집에 된장도 좀 부쳐 줄랄 껴⋯. 이놈의 서울 된장은 먹질 못 하잖니껴."
>
> —「예천 말로-자음」부분

> 어메에라고 불러보면
> 함부로 풀을 찾아 헤매다
> 우는 송아지 울음이
> 산 그림자에 묻어 있다
>
> —「예천 말로-모음」부분

시인은 고향의 모습을 잘 기억하고 있는 동시에 고향의 언어 또한 잘 간직하고 있다. 시인의 고향은 경북 예천이다. 위에 인용된 시구에 나타난 예천 방언은 읽는 이의 개별적인 고향 체험과 상관없이 매우 정감어린 어조로 다가온다. 방언은 지역적 삶의 구체성과 핍진성을 전해주는 역할을 하기 때문에, 고향의 방언에 대한 기억 없이는 고향의 모습을 온전히 기억하고 있다고 말할 수 없다. 시인이 이번 시집에서 고향의 방언에 대한 진술을 여러 번 시도하는 점역시 고향의 모습을 더욱 감각적으로 드러내고자 하는 의도를 지니는 것으로 파악된다.

이번 시집에는 시인의 고향을 제외하고 원형적 풍경이 또 하나 더 있다. 그것은 이른바 북방정서와 관련된 시편들이다. 「개마고원」, 「백두산천지」, 「북한, 그 단편들」 같은 작품에서 이러한 형상화를 엿볼 수 있다. 이 두 풍경은 신화적이면서 원형적인 성격을 지녔다는 점에서 통한다. 또한 그 정서 역시 상관성이 있다. 시인이 지닌 고향의식이 북방정서에 대한 지향으로 이어진다는 사실을 다음 시에서 확인할 수 있다.

> 내 마음의 지리부도엔 개마고원이 무늬져 있네
> 어머니의 어머니인 그 어머니가
> 무섭도록 아름답고
> 튼튼한 처녀의 몸으로
> 맨머리에 집채만한 동이를 이고
> 찰랑이는 천지의 물위를 하얀 맨발로 건너와
> 내 잠결 머리맡에 감자와 귀리와 콩, 우수수 쏟아 붓고
> 돌아서며 달빛 밟는 소리 아득해라
> 처음 맨발이 땅에 아프게 박혀 있어도
> 아파하지 않고
> 그녀의 맨머리는 울창한 원시림으로 살아 있어
> 종내, 구릿빛 등고선으로 가로누운
> 그녀의 몸은
> 언제나 뭉긋하게 높은 산이었으니
>
> ― 「개마고원」 전문

개마고원은 우리나라에서 가장 높고 넓은 고원으로 총면적이 대략 4만㎢에 이르기 때문에 한반도의 지붕이라고 일

컬어진다. 시인은 광활한 개마고원의 지도를 마음속에 그려 넣음으로써 민족의 시원에 대한 향수를 간직한다. "어머니의 어머니인 그 어머니"는 바로 우리 민족의 모태이므로 그녀가 머리에 이고 온 개마고원의 작물들은 민족의 뿌리를 튼실하게 번성해 나가게 하는 식량이 된다. 그녀의 맨머리를 울창한 원시림으로 은유하는 것과 그녀의 몸이 구릿빛 등고선으로 가로누웠다는 진술에 이르러 이 시는 신화적 상상력을 발휘하게 된다. 신화적 상상력을 통하여 시인은 민족의 시원에 대한 자긍심과 우리 국토에 대한 열렬한 사랑을 보여주는 데에 성공한다. 개마고원을 가슴속에 품어보는 광활한 기백과 민족적 모성에 대한 뜨거운 애정은 「백두산천지」에 이르러 더욱 아름답게 펼쳐진다. "그리하여 큰어머니 천지 안에서 무궁한 세월 견디며 지켜온 내 무늬의 결 속에 살아 있는 水宮圖, 따뜻한 상징이 춤추며 더러는 구름을 하늘로 보내면 오래 기다리던 그 하늘이 잠깐, 천지에 들어갈 것이다"(「백두산천지」)에서 보이는 광활하면서도 섬세한 이미지와 상상력은 김영탁 시가 지닌 북방 정서가 궁극적으로 민족의 시원에 대한 탐구로 이어진다는 사실을 잘 보여준다.

2. 낭만적 사색과 상실의식

김영탁은 낭만적 사색을 즐길 줄 아는 시인이며, 낭만성은 그의 시를 이끄는 동력 중의 하나이다. 낭만성은 현실보다는 이상을, 이성보다는 감정을 강조한다. 세상의 '실체'

를 매우 정서적이고 이상적으로 파악하려는 낭만성은 김영탁 시가 온유하고 애상적인 '여성적 감수성'을 거느리게 되는 근본 원인이다. 이번 시집에서 낭만적 사색은 주로 사랑시에 나타난다. 시인의 사랑시에 담긴 서사는 서럽고도 애달프다. 그것은 사랑을 성취한 자가 지닌 기쁜 마음의 형상화라기보다는 사랑을 잃은 자의 후일담적인 성격이 강하기 때문이다. 북방 정서를 다룬 시편이 남성적인 기백의 웅장한 상상력을 보여주고 있는 데 비해, 사랑시편은 낭만적 사색을 통하여 이루어진 비애의 애잔한 기록이다.

네가 떠난 후에 베란다엔 상사화 피고

아침, 세상의 꽃들이
수없이 많은 축제를 위해서 필 때

네가 벗어두고 간 옷을 빨아
빨랫줄에 널고, 다시 걷어서 하얗게 빨면
눈물이 난다 어두운 방으로 들어가 타다만 초를
켜서 손에 들고 네 흔적을 찾아
손으로 쓰다듬어 본다

촛농이 손등에 떨어져 하얀 꽃이 되고
촛불이 꺼져 그림자마저 희미하게 스러질 때
빨랫줄에 걸린 옷들은 밤바람에 흔들린다

베란다엔 상사화 피고 잎은 몸을 감추고

－「新山有花」전문

　김영탁 시에 나타나는 상실의식은 실연의 체험과 연관
된다. 이 시에는 깊은 정한(情恨)이 배어 있다. 이 시가 산
유화에 관한 내용이 아님에도 불구하고 "新山有花"라는
제목을 달고 있는 것은 김소월의 시「산유화」가 지닌 한의
정서를 계승하고자 하는 의도에서이다. 김소월의「산유
화」는 자연과 인간의 불연속성을 통하여 자아의 상실감과
결핍감을 고조시키고 있는 작품으로 알려져 있다. 새는
꽃이 좋아서 산 속에서 행복하게 살아가는데 김소월 시인
은 꽃을 좋아함에도 불구하고 자연의 화해로운 공간에 이
르지 못한 채 '저만치' 밖으로 추방당한다. 이 절망감 역
시 연인상실에서 비롯되었다. 김영탁의「신산유화」는 연
인 상실의식을 시의식의 중심으로 한 점, 그리고 상사화
라는 꽃을 소재로 삼은 점 등에서 김소월의「산유화」와 이
어진다.

　"아침, 세상의 꽃들이/수없이 많은 축제를 위해서 필 때"
시인은 그 축제를 맞이할 준비가 전혀 되어 있지 않다. 그
는 아직도 사랑하던 사람이 벗어두고 간 옷을 빨면서 눈물
을 흘리고 있다. "타다만 초"를 찾으며 떠나간 사랑의 흔적
을 손으로 쓰다듬어 보지만 그렇다고 그 사람이 다시 돌아
올 수도 없다. 시인은 새로운 사랑을 찾아나서는 적극성을
보여주는 대신 이미 가버린 사랑의 흔적을 더듬는 소극성
을 보인다. 이 행위에서 시인이 지닌 한의 정서를 새삼 확

인하게 된다. 연인 상실로 인한 괴로움을 잊는 가장 빠른 방법은 새로운 연인과 만나는 일임에도 불구하고 시인은 계속적으로 과거의 연인에 집착한다. 이러한 집착은 한을 더욱 강화시키는 역할을 할 뿐이다. 그러므로 베란다에서 피어나는 상사화는 시인으로 하여금 지난 사랑에 더욱 이끌리게 하는 한의 매개물로 존재한다. 이 시가 한의 정서에 푹 빠져 있는 상태 혹은 역설적으로 말하면 그 괴로운 심사를 통하여 어떤 비극적 희열에 접어들고 있는 상태를 보여주는 작품이라면, 「번개」는 가버린 사랑의 모습을 감각적으로 보여주는 작품이다.

> 한밤중, 창문을 두드리며 누군가 부르는 것 같아
> 아니다 후레쉬 비추며
> 자꾸 나오라고 접선 신호를 보낸다
> 나가보면 아무도 없는데
> 뒤돌아서는 뒤통수를 찰나로,
> 때리고 지나가는 첫사랑
>
> ─「번개」 전문

이 시는 첫사랑의 형상을 표현한다. "뒤돌아서는 뒤통수를 찰나로,/때리고 지나가는 첫사랑"은 매우 순간적인 사랑이다. 이처럼 첫사랑이 머물다 지나가는 시간은 찰나에 불과할지라도 첫사랑이 각인시켜 준 의미는 영원성을 이루어내고 있다. 첫사랑은 지금도 시인에게 창문을 두드리는 누군가의 음성으로 다가오고 있으며 또한 자꾸 나오라고 접선 신호를 보내고 있기 때문이다. 이 시가 말하는 것은 바로 첫사랑이라는 무형의 존재가 지니는 순간성과 영원성이라는 이중적 의미이다. 이 두 가지 의미가 동시에 있으므로 첫사랑은 인간의 삶에서 진정으로 중요하다.

구름을 바라보며 세상 만상과 그림 맞추기를 한 적이 있네
그럴 때면 구름은 언제나 내가 생각한
처지와 내 몸에 딱 맞아떨어지네
완전히 제 논에 물대기 식이지만 그렇다고 구름은
뭐라고 맞다 안 맞다 그런 적도 없지만
그림을 맞추다가 구름이 제멋대로
흩어져도 구름을 잡고 뭐라 할 수도 없네

아득한 그때부터 지금도 늙지 않고
흘러가는 구름이여
물렁물렁한 구름이여
내가 그린 욕망과 지상의 사랑이
온전히 그림틀 속에 있지 않고
조금씩 느슨하게 흩어지는 이별이여
다시는 못 볼 이별이여
그대의 부드러운 몸과 옷자락을 부여잡는
내 剛復한 완강함에도
여지없이 뿌리치는 힐거움이여

가끔, 천진한 어린 사랑을 떠올리며

솜사탕을 입에 물고 뭉게구름 웃음만큼 웃다가
천근만근 무게로 내 머리 위에 떠 있는
구름이 갑자기 우레와 천둥에 소낙비로
내 몸을 흠뻑 적시네
한낱 헛된 꿈밖에 모르는
내 그림판에 벼락을 쳐도 어이할 수 없네
　　　　　　　　　－「생활의 발견－구름」 전문

　이 시는 실연의 상처 혹은 상실의식을 낭만적 상상력을
통하여 재현하고 또한 극복하는 작품으로 상상력의 운용이
돋보인다. 이 시에 나오는 "구름"은 시인에게 몽상의 즐거
움과 현실의 어려움을 동시에 가르쳐 주는 사물이다. 1연에
서 시인은 "구름을 바라보며 세상 만상과 그림 맞추기를 한
적이 있네/그럴 때면 구름은 언제나 내가 생각한/처지와 내
몸에 딱 맞아떨어지네"라고 말하지만 사실은 그 구름이 이
렇게 만만하게 시인을 받아주지는 않았다. 이것은 어디까
지나 주관적인 판단일 뿐이라는 솔직한 고백이 그 다음에
이어진다. 구름은 시인의 비현실적인 몽상을 받아주기도
하는 동시에 그 몽상을 정지시키거나 무화시키는 역할도
하고 있다. 구름은 "제멋대로/흩어져" 변화무상하게 움직
인다는 측면에서 순간적인 의미를 지니고 있지만 또한 "아
득한 그때부터 지금도 늙지 않고" 존재한다는 측면에서 초
시간적인 의미를 지닌다. 구름은 시인의 삶이 지닌 사랑과
이별의 서사를 온전히 그 안에 새겨놓고 있는 존재이다.
"그대의 부드러운 몸과 옷자락을 부여잡는/내 剛愎한 완강

함에도/여지없이 뿌리치는 헐거움이여"라는 진술은 사랑의 아름다움 속에 숨어 있는 덧없음을 구름에 빗대어 표현한 것이다.

중요한 것은 이 구름이 시인에게 몽상의 시간만을 제시하여 주지는 않는다는 점이다. "천진한 어린 사랑을 떠올리며/솜사탕을 입에 물고 뭉게구름 웃음만큼 웃다가/천근만근 무게로 내 머리 위에 떠 있는/구름"이라는 표현에서 알 수 있듯, 구름은 어느 순간 시인의 "한낱 헛된 꿈"을 깨게 하는 현실적인 조건으로 다가오기도 한다. 구름과 함께하는 몽상, 그리고 구름의 압력으로 인한 생활의 발견, 이 두 가지 상황을 동시에 말하는 작품이 「생활의 발견–구름」이다. 이 작품이 김영탁의 시세계를 이해하는 데에서 중요한 것은, 그가 지닌 상실의식이 극단적으로 치닫지 않은 채 어느 정도 극복되는 양상을 보여주기 때문이다.

3. 깨달음을 향한 선의 도정

김영탁은 선적(禪的) 감각을 지닌 시인이다. 선(禪)이란 삼라만상과 내통하여 일상적 삶 속에서도 충만한 깨달음의 경지를 향유하게 되는 정신적 자각 행위이다. 마음을 고요히 하고 정신을 자유로이 풀어헤칠 때 비로소 선의 상태에 다다르게 된다. 시인은 사물과 상황을 직관적으로 통찰하여 그것의 성질을 감득함으로써 마침내 주제와 객체가 하나 되는 자타불이(自他不二)의 정신 상태에 이르게 된다. 이것은 신심일여(身心一如)의 경지를 얻기 위한 노력이 뒷

받침되었기 때문에 가능하다. 김영탁이 선적 감각을 통하여 추구한 궁극적인 진리는 존재의 조응을 통한 사물의 화해이다. 대체로 이런 종류의 시들은 설명적인 묘사나 서술적 이미지의 나열을 최대한 억제한 채, 여백의 미학을 통하여 완성되는 경우가 많다. 그래서인지 이 계열에 속한 작품들은 대개가 단형(短形)이다.

새가 나무속에서 울었다//귀가 저렁저렁하도록//울었다//아니다, 징소리였나://가슴이 떨어져나간 듯 눈이 맑아졌다//몸이 절로 먼 산 보고//인사하고 싶어했다//궁금해서 들여다봤다//천덕꾸러기마냥 까지 한 마리//거기, 있었다

―「울새」 전문

이 시에 나타난 새 울음소리는 주체의 감각을 더욱 선명하게 만드는 기제이다. 그래서 시인은 그 새소리를 "귀가 저렁저렁하도록" 만드는 "징소리"를 닮았다고 은유한다. 그런데 역설적이게도 새소리는 시인의 귀를 맑게 한 것이 아니라 시인의 눈을 맑아지게 만들었다. 여기서 시인이 지닌 선적 감각의 의미를 엿보게 된다. 소리가 눈을 맑게 한 것은 청각과 시각을 넘나들며 혹은 각각의 감각의 의미를 초월하면서 세계를 인식하고 수용한 결과로 보인다. 청각과 시각을 오고가는 감각은 "가슴이 떨어져나간" 듯한 무념무상(無念無想) 혹은 무아지경(無我之景)의 시간을 거쳐서 새로운 감각 운동을 일으키게 되는데, 시인은 이 상태를 "몸이 절로 먼 산 보고//인사하고 싶어했다"라는 구절로 절

묘하게 표현한다. 선적 순간을 거쳐 깨달은 몸의 감각은 이미 인식의 영역을 훌쩍 벗어난다. 선의 경지에 도달하는 순간, 주체가 몸을 부리는 것이 아니라 몸 스스로 행위의 주체가 된다. '몸의 자동 감각' 혹은 '몸적 주체화'를 음미한 후에 비로소 시인은 그 울음의 정체인 "천덕꾸러기" "까지 한 마리"를 확인한다. 김영탁의 선적 감각이 지속성보다는 순간성을 지향한다는 점은 「방학동」 끝 연에서도 나타난다.

> 다시, 물은 초록빛 옷을 벗었지만
> 하나도 안 부끄럽고, 다시 산은
> 먹잠색으로 갈아입는 소리에
> 학은,
> 산허리 길게 베어 날아
> 산 그림자 질 때,
> 생의 반쯤은 어쩔 수 없이
> 방학에 잠겨,
> 가슴에 날고 있는
> 학 한 마리
> 고요히 키우고 있길 바라네.
>
> ― 「방학동」 부분

이 시는 아름나운 동양화 한 폭을 보여주는 듯한 작품이다. 밤이 찾아오고 있는 방학동의 산에 학 한 마리가 날아가고 있다. 학이 산허리를 길게 베어가는 순간 산은 그림자를 드리운다. 특히 학이 산을 베는 순간을 포착한 시선이 예사롭지 않다. 이 순간적인 인식 능력이야말로 선적인 감각에서 비롯된다고 하겠다. 다시 시인은 어둠에 잠긴 산을 자신의 가슴으로 끌어들이며 산이 곧 가슴이 되는 황홀한 순간을 체험한다. 이미 학은 시인의 가슴 안에서 날아가고 있다. 이 시를 가능하게 한 것은 인식의 힘이 아니라 명상의 힘이다. 「방학동」이라는 구체적인 제목을 달고 있긴 하지만, 방학동을 관찰하여 묘사하려고 하는 것이 아니다. 시인은 이미 알고 있는 방학동의 이미지를 중심으로 명상의 과정을 통하여 작품을 완성하였다. 요컨대 이 시는 삼라만상이 지닌 색(色)의 형상을 초월한 명상과 집중이 돋보이는 작품이다. 김영탁이 선적 감각에 정성을 기울이는 것은 어떤 깨달음의 순간에 도달하기 위해서이다.

　　아이들이 비눗방울 거푸집을 만드는데
　　입술을 오므리며 호하고 불면
　　금세 허공엔 총천연색 둥근 우주가 탄생한다
　　무수히 떠 있는 거푸집,
　　1초 동안 깜박이는 아이들 눈동자엔
　　거푸집은 태어나 자라고
　　거푸집은 오래 살다 사라진다

　　못자리가 한창일 때,
　　수천의 하얀 밥알로 떠 있는 이팝나무
　　너무 많아서 무거운 밥을

잘 가시라고 허공의 거푸집에 고봉밥을 잘 먹여준다
비눗방울이 허공에서 잠시 떠있는 동안
이팝나무에 붙어 있는 수천의 밥알을
고봉으로 아이들에게 먹여준다
배부른 아이들이 더욱더 힘을 내어
입술을 오므리며 비눗방울을 불어낸다

못자리가 한창일 때, 거푸집에서
아이들과 비눗방울과 이팝나무가 잘 어울려서
서로에게 고봉밥을 먹여주며 잘 놀고 있다
　　　　　　　　　－「月印千江-거푸집」 전문

　이 시는 모든 현상이나 사물은 원인인 인(因)과 조건인
연(緣)이 상호 작용하여 나타난다는 '연기적(緣起的) 세계
관'을 근간으로 삼으면서 화해와 유대의 세계관을 아름답
게 형상화하고 있는 작품이다. 1연은 아이들이 만드는 비
눗방울 거푸집에 관한 진술이다. 시인은 이 비눗방울 거푸
집을 "둥근 우주"라고 은유하면서 나타났다가 사라지는 둥
근 방울이 지닌 존재의 의미를 소중하게 받아들인다. 2연
은 밥알 모양의 꽃을 피우고 있는 이팝나무에 관한 내용이
다. 이팝나무가 "수천의 하얀 밥알"로 밥을 지어 "허공의
거푸집"에 고봉밥을 먹여준다는 표현은 평화롭고 아름답
다. "허공의 거푸집"이 고봉밥을 먹는 사이에 비눗방울을
만들고 있는 아이들 역시 고봉밥을 먹는다. 모든 존재들이
서로를 도와가며 존재의 승화를 이룬다. 이제 아이들과 비

늦방울과 이팝나무는 한몸이 되었다. "서로에게 고봉밥을 먹여주"는 행위는 서로가 서로를 이해하며 사랑하고 포용하는 과정이다.

> 는개 속을 날고 있는 하이얀 나비 한 마리
> 고추 꽃술에 앉았다 날자
> 꽃잎 떨어지자
> 갓 달린 아기 고추 쉬 하자 나비,
> 옥수수 꽃술에 붙어 떨자
> 꽃술 붉어지자
> 가지와 호박과 강아지풀 사이를 날자
> 모든 여정이 정적으로 되돌아가자 나비,
> 날개 는개에 젖어
> 之之 之字로 는개 속으로 사라지자
>
> 遊遊히,

- 「夢遊」 전문

이 시는 장자의 호접몽(胡蝶夢)을 연상하게 한다. 몽상과 감각의 어울림을 보여주는 이 시는 「월인천강」 시편이 지닌 세계관과 유사할 정도로 사물과 사물의 치밀한 연관성에 주목하고 있다. 이 시의 이미지는 "는개 나비 고추꽃술 아기고추 옥수수꽃술 가지 호박 강아지풀" 등으로 이어지는데 이들은 서로 제유적으로 결합되어 있다. 은유가 선택의 원리를 지향한다면 제유는 결합의 원리를 지향한다. 한 사물의 움직임의 결과가 다른 사물이 움직이는 것의 원인이 되면서, 그 각각의 원인과 결과가 연기적으로 끊임없이 이어지고 있다. 시인은 제유적 세계인식을 통하여 세상에 존재하는 것들의 유기적 연관성에 주목하였다. 제유가 동양시론의 중요한 원리라는 일반론을 인정할 때, 김영탁의 「월인천강」 연작이나 「몽유」 같은 시들이 동양시론을 기저에 깔고 있다고 해도 과언이 아니다. 어느덧 시인의 감각은 깨달음의 시공에 닿아 있다.

각각의 사물 역시 유기체이고, 그 유기체들이 모여서 이루는 질서 역시 유기적이며 연기적이라는 인식은 김영탁 시 전반에 근본적으로 담긴 세계관이다. 이 점에서 김영탁 시학은 유기체 시학이다. 그가 지향한 화해의 세계관은 유기체 시학에서 비롯하였다. 그의 시가 인간과 사물에 대하여 깊은 연민의 정서를 담고 있는 것 역시 이 시정신과 이어진다. 이번 시집은 첫 시집임에도 불구하고 매우 다양한 소재와 세계인식 방법을 보여주기 때문에, 그의 시가 앞으로 나아갈 행보를 예측하기는 쉽지 않다. 그러나 적어도 이번 시집에 나타나는 다양한 소재와 감각들이 궁극적으로 만물의 유대를 향한 유기체적 세계관으로 수렴되는 점을 확인할 때 향후 전망은 어느 정도 드러난다. 유년에 체험한 원형적 고향 풍경을 개마고원과 백두산을 향한 북방정서로 이어보려는 진취적인 노력이나, 소멸과 떠남의 길을 걸어가야 했던 인타까운 존재를 향한 낭만적 사색의 과정은, '유와 무', '색과 공', '너와 나', '과거와 현재' 등의 이분법적인 사유를 극복하고 "다만, 시와 사랑이 꺼지지 않는

불꽃이길"(「서문」) 바라는 연민과 화해의 시정신으로 귀결
하였다. 이는 일원론적 세계를 향하여 나아가고자 한 진정
성 있는 시적 노력의 결과이다.